Merci à Jean-Philippe, Alexandre et Terry.

CED

À mes trois «gorgeous», Adelia, Maeva et Tanaquil.
Merci à Maeva, ma grande de 6 ans, pour ses jolies illustrations de cadres.
Merci à Ced, pour sa confiance sur ce beau projet.
Merci aux Shopains, Djief, Mikaël et Richard, pour leur camaraderie et leur folie créative et contagieuse.
Merci à André et Damien, pour l'aide précieuse pendant la période folle du bouclage.
Merci à Phoebe, pour son aide quotidienne.
Merci à Charlotte, Xavier et Frédéric pour leur suivi et leur engagement hors de l'ordinaire sur cet album.
Un gros coucou à Lucas, mon filleul, qui aime «les méchants».

J.-P. Morin

Merci à André GAG Gagnon et Damien Gay pour leur aide sur la couleur.

Directeur éditorial BD Frédéric Lavabre
Maquette : Xavier Vaidis, Claudine Devey

WWW.EDITIONS-SARBACANE.COM

Loi n° 49-956 du 16 juillet 1949 sur les publications destinées à la jeunesse.
Dépôt légal : 1er semestre 2014
ISSN : 2416-6936
ISBN : 978-2-84865-686-1
Achevé d'imprimer en octobre 2018 sur les presses de l'imprimerie Pollina - 86905.

CED

MORIN

A.S.T.

L'Apprenti Seigneur des Ténèbres

SARBACANE

IL Y A 200 ANS, LES TERRES D'ALKYLL ÉTAIENT PLONGÉES DANS LES TÉNÈBRES ET LA PEUR.
BOURGVILLE, LA CAPITALE AUTREFOIS SUPERBE, ÉTAIT DÉFIGURÉE DEPUIS LA CONSTRUCTION DE LA TOUR NOIRE.
MOUAHAHAHA HAHAHAHAHA !
STÉARAS ÉTAIT LE MAÎTRE DU MAL ABSOLU, ET FAISAIT RÉGNER LE CHAOS ET LA DESTRUCTION…
MOUAHAHA HAHAHA !
MAÎTRE, VOUS RIEZ ENCORE SANS RAISON, ÇA EFFRAIE NOS HOMMES !
MAIS UNE PROPHÉTIE L'AFFIRMAIT : LE MAL SERAIT CHASSÉ PAR UN HÉROS DOTÉ D'UNE ÉPÉE ENCHANTÉE.
HUM… J'AI UN DOUTE ! C'EST SOIT : « HÉROS AVEC UNE ÉPÉE ENCHANTÉE » !
SOIT : « UN ROT AVEC UN PÉPÉ EN CHANTIER » !
ET EN EFFET, UN HÉROS CHASSA STÉARAS DU ROYAUME !
ET QU'ON NE TE REVOIE PLUS !
LES SIÈCLES PASSÈRENT, ET LE ROYAUME SE RÉORGANISA. LES COMMERCES REPRIRENT, L'ARTISANAT SE DÉVELOPPA.
COSTUMES EN TOUT GENRE
BREF, IL N'Y EUT PLUS EN TERRES D'ALKYLL QUE DES PENSÉES POSITIVES. JUSQU'AU JOUR OÙ…
ET QU'ALLEZ-VOUS FAIRE AVEC CE JOLI MASQUE ?
CONQUÉRIR LE MONDE ! MOUAHAHA !
CED-MORIN

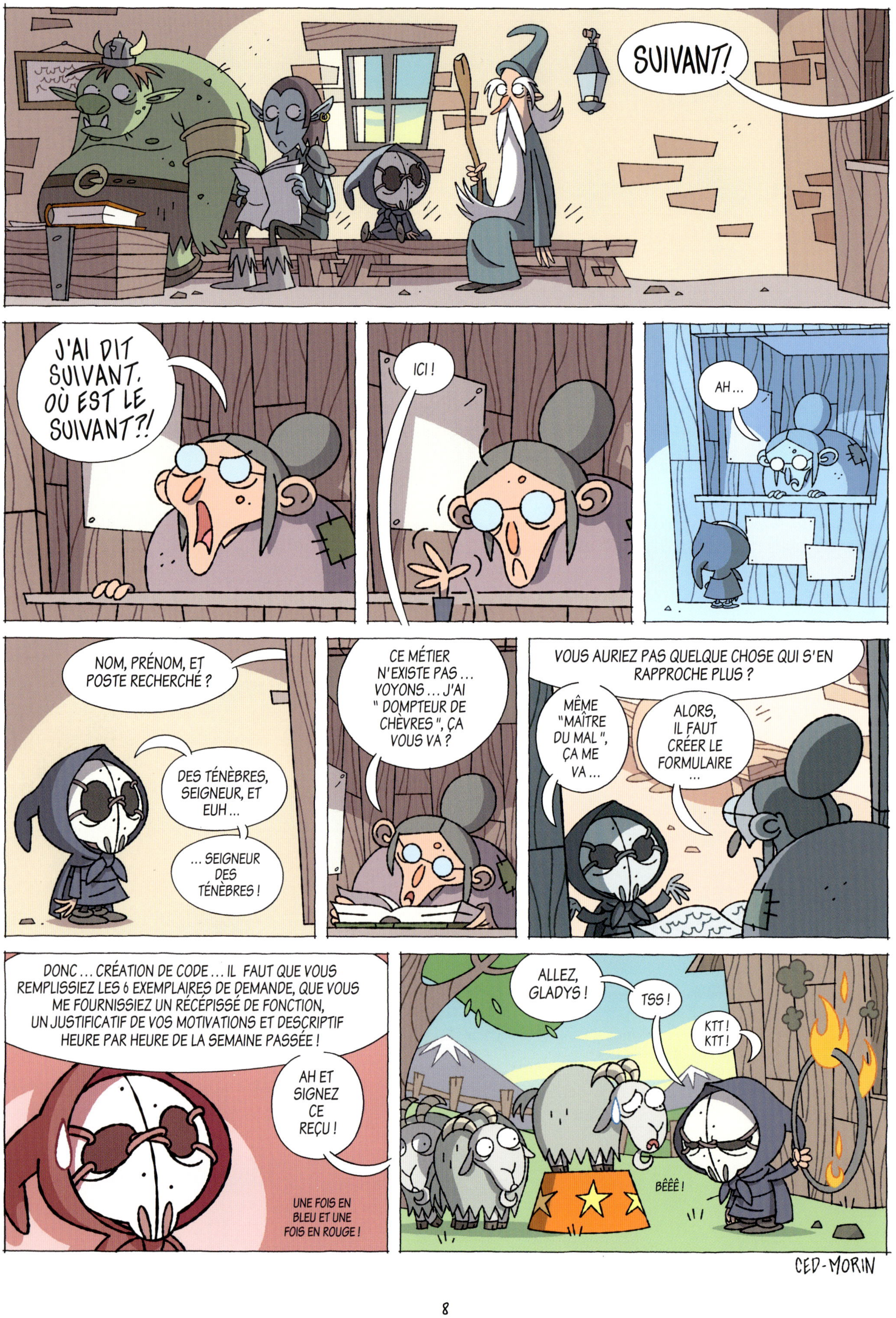
SUIVANT !
J'AI DIT SUIVANT, OÙ EST LE SUIVANT ?!
ICI !
AH…
NOM, PRÉNOM, ET POSTE RECHERCHÉ ?
DES TÉNÈBRES, SEIGNEUR, ET EUH…
… SEIGNEUR DES TÉNÈBRES !
CE MÉTIER N'EXISTE PAS… VOYONS… J'AI " DOMPTEUR DE CHÈVRES ", ÇA VOUS VA ?
VOUS AURIEZ PAS QUELQUE CHOSE QUI S'EN RAPPROCHE PLUS ?
MÊME "MAÎTRE DU MAL", ÇA ME VA…
ALORS, IL FAUT CRÉER LE FORMULAIRE…
DONC… CRÉATION DE CODE… IL FAUT QUE VOUS REMPLISSIEZ LES 6 EXEMPLAIRES DE DEMANDE, QUE VOUS ME FOURNISSIEZ UN RÉCÉPISSÉ DE FONCTION, UN JUSTIFICATIF DE VOS MOTIVATIONS ET DESCRIPTIF HEURE PAR HEURE DE LA SEMAINE PASSÉE !
AH ET SIGNEZ CE REÇU !
UNE FOIS EN BLEU ET UNE FOIS EN ROUGE !
ALLEZ, GLADYS !
TSS !
KTT ! KTT !
BÊÊÊ !

CED-MORIN

QUAND ON VEUT ÊTRE SEIGNEUR DES TÉNÈBRES ... IL FAUT UN REPAIRE SECRET ET LUGUBRE !
IMMO RPG LOCATION VENTE
CE CHÂTEAU DE GRAND STANDING VIENT TOUT JUSTE DE SE LIBÉRER !
À VENDRE
PARFAIT ! JE L'APPELLERAI LE FORT DE LA MORT !!
ET EN VOILÀ LE PRIX !
OH ...
ET EUH ... VOUS AURIEZ QUELQUE CHOSE DE PLUS ... ACCESSIBLE ?
SINON ON A ÇA !
MON MANOIR DU DÉSES-POIR !
LOYER 10 000 PIASTRES
OU CELUI DE QUELQU'UN D'AUTRE ...
LE DOMAINE DE LA HAINE ?
HUM ...
LA CABANE DE LA CASTAGNE ?
T-T-T !
À LOUER 1500 PIASTRES
CARTON DU FRISSON
CED-MORIN

BIEN, PUISQUE VOUS AVEZ DÉCIDÉ DE CONTINUER NOTRE PROJET, NOUS DEVRONS NOUS VOIR 2 FOIS PAR SEMAINE, POUR VOIR VOTRE PROGRESSION !
JE M'EN RÉJOUIS D'AVANCE ...
C'EST MOI QUI VAIS M'OCCUPER DE VOUS ...
NE VOUS EN FAITES PAS, JE SUIS LA RIGOLOTE DE L'ÉQUIPE !
ET BIEN, ON DOIT PAS S'ENNUYER PAR ICI...
ALORS, VOYONS CE DOSSIER !
?
LE TEMPS S'EST ARRÊTÉ OU QUOI ?
OUHOUH ! HÉ ! MADAME !!
BIEN ... PASSONS À LA PAGE 2 !
FL'IP
PAF
CED-MORIN

CARTON DU FRISSON
ET C'EST COMME ÇA QUE VOUS AVEZ PERDU VOTRE LOCAL ?
C'EST COMME ÇA QUE JE ME SUIS MIS À SENTIR LE BOUC !
JE DORMAIS DEDANS...
CED-MORIN

LOCAL DES ASSOCIATIONS
BONJOUR, JE VIENS PARCE QUE J'AI VU SUR VOTRE…
BIEN LE BONJOUR, VOUS CONNAISSEZ LE FONCTIONNEMENT ?
NON, MAIS JUSTEMENT, JE…
C'EST UN LOCAL QUI SE PARTAGE ENTRE PLUSIEURS ACTIVITÉS !
LE LUNDI, C'EST ACTIVITÉ MACRAMÉ, LE MARDI C'EST BINGO, LE MERCREDI ON CONFECTIONNE DES PETITS BONNETS EN FORME D'ANIMAUX…
OUI-OUI, BON…
TAP TAP
LE VENDREDI, ATELIER CONFECTION DE BOÎTES DE FROMAGE, LE SAMEDI…
JE VEUX JUSTE SAVOIR QUEL JOUR JE PEUX VENIR !!!
OH… JEUDI ! LE JEUDI, IL N'Y A RIEN !
EH BIN VOILÀ ! C'ÉTAIT PAS SI DUR ! À JEUDI ALORS !
LE JEUDI SUIVANT…
JE NE SAIS PAS SI JE VOUS L'AI DIT, MAIS LE PLANNING PEUT ÊTRE SUJET À DES CHANGEMENTS !
SANS RIRE…

CED-MORIN

VOILÀ ...
ENSUITE, IL ME SUFFIRA DE ...
Plan pour dominer le monde
moi
RHÔ... NON, ÇA NE MARCHERA PAS !
C'EST CE CRAYON !!! SI J'AVAIS DU BON MATÉRIEL, AUSSI !!
ET PUIS LA LUMIÈRE EST MAUVAISE DANS CETTE PIÈCE !!
ET DANS LA RUE ! C'EST QUOI CE RAFFUT ?!! ON NE S'ENTEND PLUS PENSER !!
MIAOU ?
IL FAUT QUE JE RECRUTE DU PERSONNEL ...
POUR ÊTRE PLUS EFFICACE ?
POUR METTRE LA FAUTE SUR QUELQU'UN ...
CED-MORIN

J'AI LE PLAISIR DE VOUS ANNONCER QUE VOUS AVEZ PASSÉ CET ENTRETIEN HAUT LA MAIN !
bureau du boss
ATTENDEZ-MOI DANS LE HALL ! JE VÉRIFIE VOS QUESTIONNAIRES !
OUI MONSIEUR !
BIEN MONSIEUR !
VOUS AVEZ ÉTÉ REÇU, VOUS AUSSI ?
OUI !
COMMENT ÇA S'EST PASSÉ POUR VOUS ?
ÇA A ÉTÉ HO-RRI-BLE !
J'AI RENVERSÉ SON CAFÉ, JE ME SUIS SENTI OBLIGÉ DE TOUT NETTOYER, JE LUI AI REFAIT UN CAFÉ, JE L'AI RE-RENVERSÉ, J'AI RE-NETTOYÉ, ET EN LAVANT J'AI RENVERSÉ MON SEAU DE SAVON SUR LUI…
ET VOUS ?
C'ÉTAIT BIEN PIRE !
J'AI APPELÉ LE PATRON "MAMAN", DÉMONTÉ SA PORTE EN L'OUVRANT, ET EN REMPLISSANT MON QUESTIONNAIRE, J'AI RÉUSSI À Y METTRE LE FEU !
…
SLURP !
GONZAGUE !
MAIS ALORS, JE ME DEMANDE… PARMI TOUS LES CANDIDATS, POURQUOI C'EST NOUS QU'IL A GARDÉS ?
NOUS Y VOILÀ ! C'ÉTAIT BIEN VOUS LES DEUX QUI NE CONNAISSAIENT PAS LE SENS DU MOT "SALAIRE" ?
CED-MORIN

VOUS LE SAVEZ, NOUS PARTAGEONS CE LOCAL AVEC D'AUTRES ASSOCIATIONS ! NOTRE PREMIÈRE MISSION SERA DE NOUS DÉBARRASSER D'ELLES, ET D'AVOIR L'ESPACE POUR NOUS SEULS !
CELA ME CRÉERA DES ENNEMIS, IL ME FAUT DONC UN GARDE DU CORPS !
CE SERA VOUS, GONZAGUE ! VOUS ÊTES UN GOBELIN, UNE CRÉATURE FÉROCE ET REDOUTABLEMENT INTELLIGENTE !
JE SUIS UN GOBELIN, MOI ?
J'IMAGINE SANS PEINE QUELLES BATAILLES ET AUTRES RIXES DE BARS VOUS AVEZ DÛ DÉCLENCHER DANS LE PASSÉ !
UNE FOIS J'AI VOULU ÉCRASER UNE ARAIGNÉE !
MAIS APRÈS ELLE A PRIS LE DESSUS !
VOUS ALLEZ VOUS ENTRAÎNER ! J'AI DEMANDÉ À SLURP DE FABRIQUER UN MANNEQUIN QUI REPRÉSENTERA MON AGRESSEUR ...
JE L'AI APPELÉE MIRANDA !
POURQUOI VOUS L'AVEZ HABILLÉ EN PETITE FILLE ?
J'AI TROUVÉ ÇA DANS LE STOCK DU CLUB COUTURE !
C'EST PLUS JOLI !
MAIS POURQUOI UNE FILLETTE M'ATTAQUERAIT?!!
NE VOUS EN FAITES PAS, J'AI PRÉVU UN SCÉNARIO !
VOUS AVEZ VOLÉ LA POUPÉE DE SA SŒUR !
CARMINA !
D'AILLEURS J'AI CRÉÉ SON MANNEQUIN POUR QUE CE SOIT PLUS CRÉDIBLE !
QU ... QUOI ?
ET LÀ, LE PAPA ET LA MAMAN S'EN MÊLENT !
JE VAIS ACHETER UNE POUPÉE, ON RECONSTITUE LA SCÈNE !
MA DOMINATION DU MONDE VA ÊTRE PLUS COMPLIQUÉE QUE PRÉVU ...
CED - MORIN

VOILÀ OÙ NOUS EN SOMMES !
NOUS AVONS FAIT INTERDIRE LA CHASSE AU TROLL PAR DÉCRET DU ROI !
Jeudi
Chasse au Troll
Apprenez à parler fee
NOUS
GONZAGUE A CACHÉ TOUS LES LOTS DE L'ASSOCIATION « BINGO » AU FOND DE LA FORÊT INTERDITE !
J'AI INVENTÉ UN PETIT VIRUS QUI SIMULE L'ALLERGIE AUX POILS DE CHAT ! TOUS LES « AMIS DES FÉLINS » ONT DÉSERTÉ !
ET SURTOUT, NOUS AVONS BRÛLÉ LE STOCK DE LAINE DE LA VILLE !
POUR NE PLUS AVOIR CES MAUDITS CRÉATEURS DE BONNETS !
IL NE RESTE DONC PLUS QUE NOUS !
PAS TOUT À FAIT ! D'APRÈS MES INFORMATIONS, IL Y A UN NOUVEAU CLUB QUI VIENT DE SE FORMER : « LES TUILES À THÉOPHILE » !
QUOI, UN CLUB DE TUILES ?
ILS SE RÉUNISSENT EN CE MOMENT DANS LA PIÈCE À CÔTÉ !
VENEZ AVEC MOI, TOUS LES DEUX !
ALLEZ THÉOPHILE ET SES MINABLES ! ON PREND SES TUILES ET ON DÉGAGE FISSA !
VLAM !
« LES TROLLS HALTÉROPHILES » ! CRÉTIN !
JE VOTE POUR QU'ON LEUR PERMETTE DE RESTER…
CED-MORIN

POUR MES PLANS DIABOLIQUES, IL ME FAUT DE L'ARGENT !
C'EST POURQUOI JE VOUS AI LOUÉ UN EMPLACEMENT AU MARCHÉ AUX PUCES !
SLURP, VOUS ACHÈTEREZ DES MARCHANDISES ET GONZAGUE, VOUS LES REVENDREZ !
COMME ÇA, ON SE FERA DES BÉNÉFICES !
TENEZ, 15 PIASTRES POUR COMMENCER !
PFF...
ALORS MOI JE DOIS VENDRE ET TOI ACHETER, C'EST ÇA ?
OH, JE SAIS ! ET SI JE TE VENDAIS À TOI, ÇA IRAIT CARRÉMENT PLUS VITE !
MAIS... T'AS RIEN À ME VENDRE !
BIN SI !
L'ARGENT !
REGARDE ! JE TE VENDS CES 15 PIASTRES !
AH, EUH... ET COMBIEN JE TE DOIS ?
BIN, HEU... 15 PIASTRES !
13, 14, ET 15 !
ET VOILÀ, MISSION TERMINÉE !
ON EST DES GÉNIES !
ÇA, TU L'AS DIT !
CED-MORIN

POUAH !
QU'EST-CE QUE C'EST POISSEUX ICI !
ON DIRAIT QU'UN TROLL ENRHUMÉ S'EST SERVI DE CETTE PIÈCE POUR SE MOUCHER !
DANS MON INFINIE MÉCHANCETÉ, JE VAIS CHOISIR UN DE VOUS DEUX POUR TOUT NETTOYER !
VOYONS, QUI VA SUBIR CETTE HUMILIATION ? …
MOI, MOI, MOI, MOI !
ÇA PEUT TOMBER SUR N'IMPORTE QUI… !
HAN !
HAN !
CE SERA SLURP !
OUI!!!!!!
ET QUE ÇA BRILLE QUAND JE RENTRE !
OUI MAÎTRE !
POM POM POM
PLOUM PLOUM PLOUM
LA LA LA
ET VOILÀ ! J'Y AI PASSÉ 2 HEURES MAIS ÇA VALAIT LE COUP !
C'EST LE PATRON QUI VA ÊTRE CONTENT !
CED-MORIN

C'EST PAS VRAI ... GONZAGUE !
VOUS AVEZ TACHÉ LES PLANS DE MA MACHINE INFERNALE !!
AH.
CRÉTIN ! VOUS LAISSEZ S'ÉCHAPPER MES ESCARGOTS TUEURS !!!
IMBÉCILE ! VOUS VOYEZ BIEN QUE VOUS FAITES TOUT DE TRAVERS !!
GONZAGUE !!
MAIS JE FAIS RIEN, LÀ ...
PRÉCI-SÉMENT !
LE MAÎTRE A ÉTÉ SUPER MÉCHANT AVEC TOI, AUJOURD'HUI !
AH ? J'AI PAS REMARQUÉ !
VRAIMENT, IL Y A DES FOIS, JE NE SAIS PAS COMMENT TU LE SUPPORTES !
BAH, L'HABITUDE, SÛREMENT ...
LE SOIR ...
?!
$?
?!
CED-MORIN

VOUS AVEZ TROUVÉ QUELQUE CHOSE D'INTÉRESSANT ?
JUSTE CE STAND QUI VEND DES SORBETS AU CÉLERI-RAVE ! MÊME MOI, JE TROUVE QUE ÇA A L'AIR DÉGOÛTANT !
HÉ ! ÇA DÉSALTÈRE VACHEMENT PAR TEMPS SEC !
UN STAND DE GLACES, HEIN ? JE VOIS QUE J'AI BIEN FAIT DE VOUS EMMENER AVEC MOI AU MARCHÉ… AU MOINS VOUS NE BAVEZ PLUS DEVANT LE MARCHAND DE SERPILLÈRES D'OCCASION !
ALORS QUE MOI, J'AI TROUVÉ UN GRIMOIRE DE MAGIE NOIRE !
AVEC ÇA, JE POURRAI FAIRE RÉGNER LE CHAOS !
JE PEUX VOIR ?
TUT TUT, PAS TOUCHE !
LÀ ! « SORT POUR DÉCLENCHER L'ENFER SUR TERRE » ! PARFAIT !
KLAATU BARADA NIKTO !!
?
RIEN !
RENTRONS ! JE DOIS APPRENDRE À ME SERVIR DE CE GRIMOIRE…
QUI SAIT CE QUI AURAIT PU SE PASSER AVEC UN SORT MAL LANCÉ !
OU AVEC UNE FORMULE LUE À L'ENVERS…
UN SORBET AU CÉLERI-RAVE ?
ILS SONT IDÉAUX PAR TEMPS SEC…
CED-MORIN

QUAND EST-CE QU'ON RENTRE ? J'AI MAL AUX PIEDS !
ARRÊTEZ UN PEU ! FAITES COMME SLURP, IL NE SE PLAINT PAS, LUI !
IL A PAS DE PIEDS, SLURP …
NOUS NE PARTIRONS PAS SANS ŒUF DE DRAGON ! ON DIT QU'IL Y A DES NIDS DANS CETTE FORÊT !
ALORS CHERCHEZ !
J'AI ÉTÉ SCOUT, VOUS SAVEZ ! TENEZ, ÇA, C'EST UNE FEUILLE DE MUNJAC, C'EST COMESTIBLE !
EUH … HA … BIEN !
JE PEUX FAIRE UN INSTRUMENT DE MUSIQUE AVEC CETTE PIGNE DE PIN !
SU - PER …
ET AVEC CE LUTIN DES BOIS, JE PEUX FAIRE DU FEU PENDANT 3 JOURS !
AU SECOURS !
ET ÇA, C'EST …
SLURP ! REPOSEZ VOS COCHONNERIES ET CONCENTREZ-VOUS !!
BON - BON …
DES FOIS, JE COMPRENDS PLUS TROP CE QU'IL VEUT, LE PATRON …
CED-MORIN

QUOI ?! VOUS AVEZ TROUVÉ UN ŒUF DE DRAGON ET VOUS N'AVEZ RIEN DIT ?!!
MAIS C'EST VOUS QUI...
JE... JE VOUS Y MÈNE !
BON, LA PREMIÈRE CHOSE À FAIRE, C'EST DÉSINFECTER L'ŒUF, POUR ÉLIMINER TOUTE ODEUR !
C'EST À ÇA QUE LA MÈRE LES RETROUVE !
PUIS, JE ME NETTOIE POUR NE LAISSER AUCUNE TRACE ! PRENEZ UNE LINGETTE ET FAITES DE MÊME, SLURP !
ET MAINTENANT...
ON FUIT !!
C'EST BON, ON EST ASSEZ LOIN...
DITES, SLURP...
CE NE SERAIT PAS LE NID DE DRAGON QUI EST RESTÉ COLLÉ À VOTRE DERRIÈRE, DES FOIS ?...
OH, TIENS, OUI !
AH AH ! C'EST RIGOLO !
CED - MORIN

OUF !
EH BIN…
C'ÉTAIT JUSTE !
MAIS ÇA N'A PLUS D'IMPORTANCE !!!
CAR BIENTÔT J'AURAI MON PROPRE DRAGON !
ON L'ÉLÈVERA POUR QU'IL SOIT REDOUTABLE, ET ON L'APPELLERA…
HUBERT !
HEIN ? NON, IL FAUT UN NOM FÉROCE COMME… « LA BÊTE » !
BOOON… DE TOUTE FAÇON, ON FAIT JAMAIS COMME JE DIS…
IL FAUDRA QUE NOUS SOYONS EXTRÊMEMENT DISCRETS !
MON P'TIT HUBERT !
NE VOUS EN FAITES PAS, PATRON…
JE SUIS SÛR QUE PERSONNE N'A RIEN REMARQUÉ !
CED-MORIN

JE SUIS OBLIGÉ DE RESTER PLANTÉ LÀ ?
ON DOIT COUVER L'ŒUF CHACUN NOTRE TOUR ! AUJOURD'HUI C'EST À VOUS !
PATRON ! VOUS ALLEZ ÊTRE FIER DE MOI !!!
C'EST ÉTRANGE, QUAND VOUS DITES ÇA, JE M'ATTENDS AU PIRE...
J'AI RENCONTRÉ UN PUISSANT SORCIER QUI VEUT BIEN VOUS FORMER, IL POURRA PEUT-ÊTRE VOUS AIDER AVEC VOTRE GRIMOIRE !
VRAIMENT?! OÙ EST-IL ?
J'Y COURS DE SUITE !
JE L'AI RAMENÉ AVEC MOI ! IL VOUS ATTEND DANS LA PIÈCE D'À CÔTÉ !
JE SAVAIS QUE J'AVAIS BIEN FAIT DE VOUS RECRUTER !
BRAVO, SLURP !
TU L'AS TROUVÉ OÙ, CE SORCIER ?
UNE PUBLICITÉ DANS LE JOURNAL !
ÇA DISAIT QU'IL EST LE MAÎTRE DE LA MAGIE !
ET HOP ...
LE MOUCHOIR ÉTAIT DANS VOTRE OREILLE !

CED-MORIN

C'EST AU TOUR DU PATRON DE COUVER AUJOURD'HUI ?
EH OUI !
JE ME DEMANDAIS COMMENT TU FAIS POUR RESTER TOUJOURS AUSSI CALME FACE AUX ENGUEULADES ET AUX DANGERS ?
J'AI VU TELLEMENT DE CHOSES, PLUS RIEN NE M'IMPRESSIONNE...
JE VAIS DEMANDER AU MAÎTRE S'IL VEUT BOIRE QUELQUE CHOSE !
RHÂ, MON NEZ ME GRATTE !
GRATT GRATT !
LÀ, VOILÀ, ÇA VA MIEUX !
POC!
?
PATRON, Y'A GONZAGUE QUI BOUGE PLUS...
ZOOP
VOUS PENSEZ QU'IL REDEVIENDRA UN JOUR COMME AVANT ?
JE NE SAIS PAS, MAIS IL NE S'EST JAMAIS RENDU AUSSI UTILE !
CED-MORIN

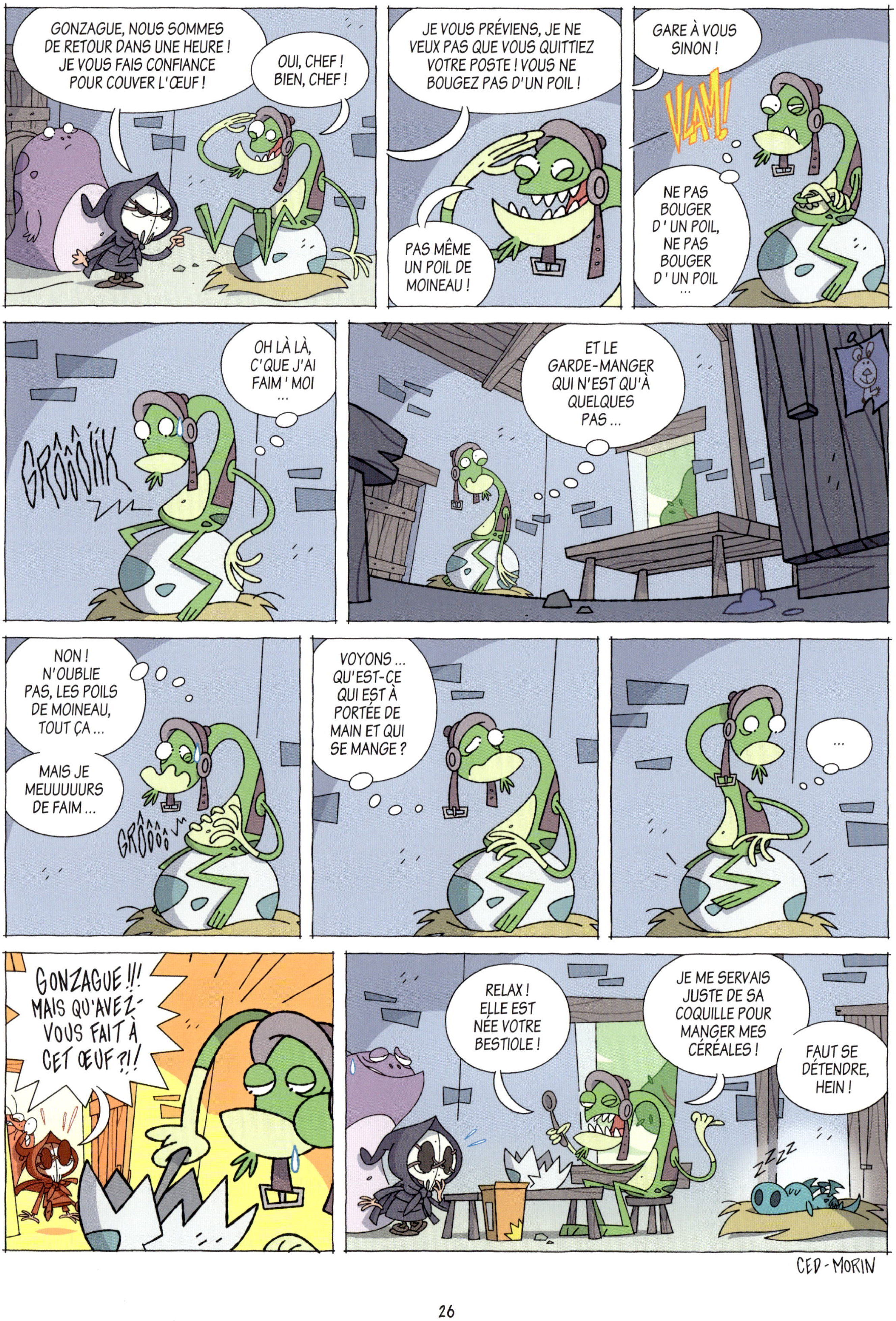
GONZAGUE, NOUS SOMMES DE RETOUR DANS UNE HEURE ! JE VOUS FAIS CONFIANCE POUR COUVER L'ŒUF !
OUI, CHEF ! BIEN, CHEF !
JE VOUS PRÉVIENS, JE NE VEUX PAS QUE VOUS QUITTIEZ VOTRE POSTE ! VOUS NE BOUGEZ PAS D'UN POIL !
PAS MÊME UN POIL DE MOINEAU !
GARE À VOUS SINON !
VLAM !
NE PAS BOUGER D'UN POIL, NE PAS BOUGER D'UN POIL ...
OH LÀ LÀ, C'QUE J'AI FAIM' MOI ...
GRÔÔÔÏK
ET LE GARDE-MANGER QUI N'EST QU'À QUELQUES PAS ...
NON ! N'OUBLIE PAS, LES POILS DE MOINEAU, TOUT ÇA ...
MAIS JE MEUUUURS DE FAIM ...
GRÔÔÔÔ
VOYONS ... QU'EST-CE QUI EST À PORTÉE DE MAIN ET QUI SE MANGE ?
...
GONZAGUE !!! MAIS QU'AVEZ-VOUS FAIT À CET ŒUF ?!!
RELAX ! ELLE EST NÉE VOTRE BESTIOLE !
JE ME SERVAIS JUSTE DE SA COQUILLE POUR MANGER MES CÉRÉALES !
FAUT SE DÉTENDRE, HEIN !
ZZZ
CED - MORIN

HEM…
…
BOUM
BADA
BOUM
BOUM
BOLOM
BOLOM
BAM
BADA
BOLOM
BADA
GNNN!!
VOUS ÊTES SÛR DE VOTRE TRUC, SLURP ?
OUI, DANS LE LIVRE ILS DISENT BIEN QU'IL OBÉIRA À LA PREMIÈRE PERSONNE QU'IL VERRA APRÈS SA NAISSANCE !
POUR ÇA IL FAUDRAIT D'ABORD QU'IL OUVRE LES YEUX !!!
CED-MORIN

TU SAIS OÙ EST PASSÉ LE MAÎTRE ?
IL A PASSÉ LA NUIT À PERFECTIONNER SON RAYON DE LA MORT, MAIS IL DIT QU'ON MANQUE DE BUDGET POUR LE FINIR…
MAIS QU'EST-CE QUE ?…
AGA ?
C'EST UN BÉBÉ HUMAIN ! QU'EST-CE QU'IL FAIT LÀ ?
OH NON… OH NON…
HA HA HA !
C'EST LE MAÎTRE !!!
LE RAYON FONCTIONNE MAL, ALORS IL L'A ACCIDENTELLEMENT RAJEUNI !!!
QU'EST-CE QU'ON VA FAIRE ?!!
ON VA INVERSER LA EUH… POLARITÉ !
REMETS LE MAÎTRE DEVANT LA MACHINE, JE VAIS TROUVER LE BON BOUTON !
ÇA DOIT ÊTRE ÇA…
RAYON DE LA MORT
RAYON DE LA SUPER MORT
STOP !
EXCELLENT !!! GONZAGUE, SLURP ! VOUS NE DEVINEREZ JAMAIS QUEL BOULOT J'AI DÉNICHÉ POUR GAGNER PLUS D'ARGENT !
DU BABY-SITTING !
ATTENTION, 1-2-3…

CED-MORIN

BIEN, NOUS ALLONS COMMENCER NOTRE RÉUNION ! IL EST TEMPS DE REVOIR NOS OBJECTIFS !
RAPPELONS-NOUS NOTRE MISSION PREMIÈRE : FAIRE DE MOI UN GRAND SEIGNEUR DES TÉNÈBRES !
TOUS LES MOYENS SERONT BONS POUR Y PARVENIR, SURTOUT LES PLUS MACHIAVÉLIQUES !
JE NE VOUS PROMETS PAS QUE CE SERA FACILE ! NOUS SOUFFRIRONS, MAIS SURTOUT, NOUS FERONS SOUFFRIR LES AUTRES !
ET UN JOUR, ENFIN, JE SERAI UN GÉNIE DU MAL REDOUTÉ DE TOUS !
CE NE SERA ENSUITE QU'UNE QUESTION DE TEMPS AVANT QUE NOUS ...
PRRR
BLBLBL
...
BON, POUR LA DERNIÈRE FOIS ...
CESSEZ DE REGARDER CE BÉBÉ ET CONCENTREZ-VOUS !!!
HA HA ! IL VIENT DE FAIRE UNE BULLE AVEC SON NEZ !
A C M
CED-MORIN

MAÎTRE ! VENEZ VOIR, SLURP A DÉCOUVERT QUELQUE CHOSE !
REGARDEZ, PATRON !
JE DONNE À HUB... EUH, À " LA BÊTE " DES RESTES DE MON CHILI D'HIER SOIR !
CELUI QUI ÉTAIT TROP ÉPICÉ ?
IL ÉTAIT PARFAIT, MON CHILI ! BREF, ENSUITE, JE LUI APPUIE SUR LE VENTRE ET...
BURP !!
IL CRACHE DU FEU ! ENFIN !!
IL FAUT LUI EN DONNER PLUS ! BEAUCOUP PLUS !
PATRON, ATTENTION QUAND MÊME !
JE SAIS CE QUE JE FAIS ! PUIS JE LUI PRESSE LE VENTRE ET...
OK...
IL ÉTAIT PEUT-ÊTRE UN PEU TROP ÉPICÉ...
CED-MORIN

EXCUSEZ-MOI, MAIS…
ON A UNE IDÉE DE LÀ OÙ ON VA ?
NON, AUCUNE IDÉE ! ON N'A NULLE PART OÙ ALLER ET C'EST À CAUSE DE VOUS DEUX !!
HEIN ? MAIS C'EST VOUS QUI…
CHTTTT ! HAHAHA ! ET POURQUOI ON IRAIT PAS CHEZ TOI, GONZAGUE ?
QUE JE VOUS RAMÈNE CHEZ MA FEMME ?
LÀ, VOUS VERRIEZ VRAIMENT CE QU'EST UN SEIGNEUR DES TÉNÈBRES !
TOUT CE QU'IL NOUS FAUDRAIT, C'EST UN ENDROIT SPACIEUX, TRANQUILLE ET PAS CHER !
MERCI SLURP, VOUS FAITES VRAIMENT AVANCER LES CHOSES !
ET VOUS CROYIEZ QUOI ? QU'UN LIEU COMME ÇA EXISTE LÀ, SOUS NOTRE NEZ ?

CED-MORIN

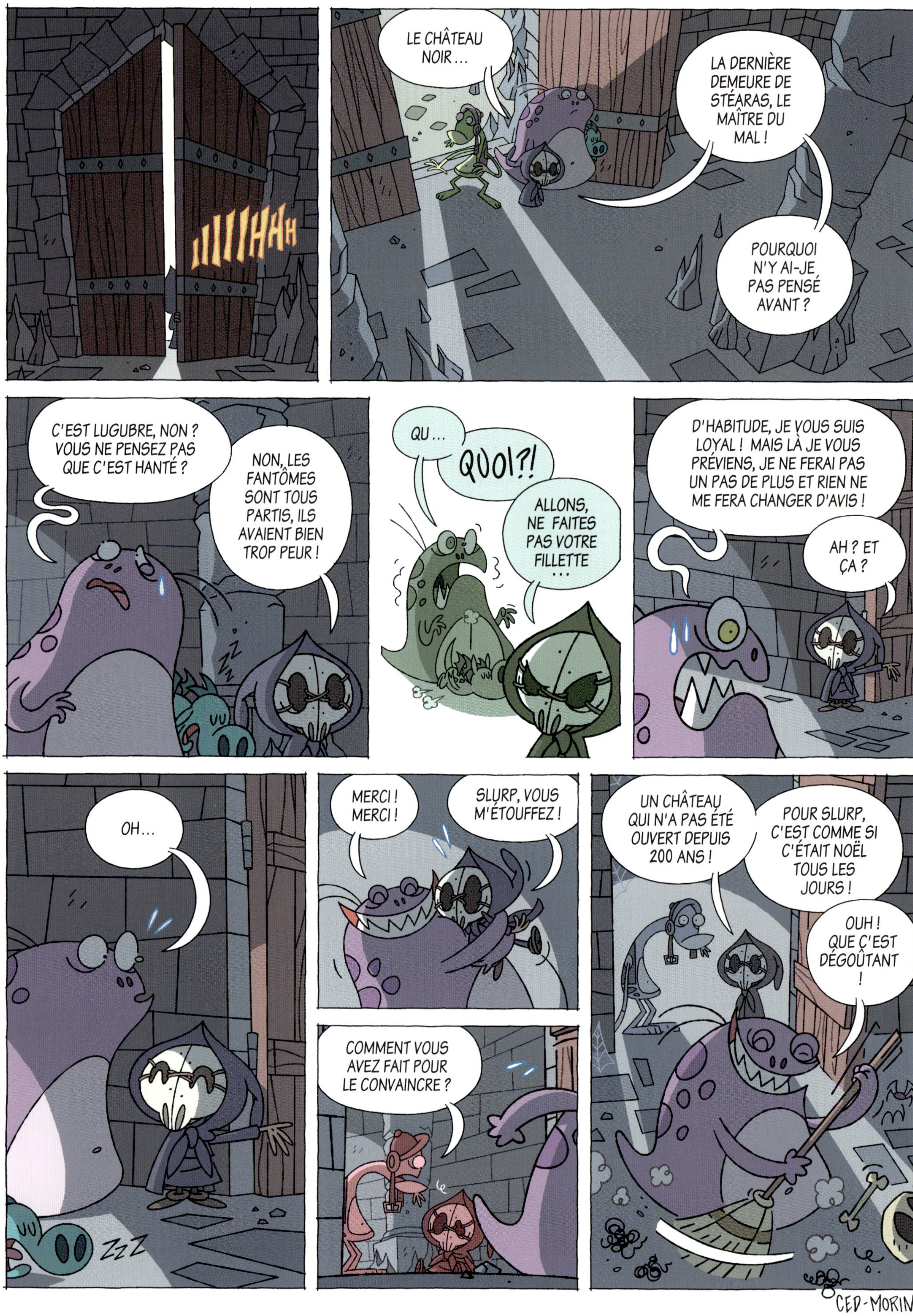
IIIIIHAH
LE CHÂTEAU NOIR...
LA DERNIÈRE DEMEURE DE STÉARAS, LE MAÎTRE DU MAL !
POURQUOI N'Y AI-JE PAS PENSÉ AVANT ?
C'EST LUGUBRE, NON ? VOUS NE PENSEZ PAS QUE C'EST HANTÉ ?
NON, LES FANTÔMES SONT TOUS PARTIS, ILS AVAIENT BIEN TROP PEUR !
QU...
QUOI ?!
ALLONS, NE FAITES PAS VOTRE FILLETTE...
D'HABITUDE, JE VOUS SUIS LOYAL ! MAIS LÀ JE VOUS PRÉVIENS, JE NE FERAI PAS UN PAS DE PLUS ET RIEN NE ME FERA CHANGER D'AVIS !
AH ? ET ÇA ?
OH...
ZZZ
MERCI ! MERCI !
SLURP, VOUS M'ÉTOUFFEZ !
COMMENT VOUS AVEZ FAIT POUR LE CONVAINCRE ?
UN CHÂTEAU QUI N'A PAS ÉTÉ OUVERT DEPUIS 200 ANS !
POUR SLURP, C'EST COMME SI C'ÉTAIT NOËL TOUS LES JOURS !
OUH ! QUE C'EST DÉGOÛTANT !
CED-MORIN

QU'EST-CE QUE C'EST QUE ÇA ?
UNE IDÉE, GONZAGUE ?
C'EST PEUT-ÊTRE UN SYSTÈME DE DÉTECTION POUR SAVOIR SI ON PORTE DU MÉTAL SUR NOUS !
JE NE SAIS MÊME PAS POURQUOI JE VOUS DEMANDE VOTRE AVIS ...
ON DIRAIT PLUTÔT UNE SORTE DE PORTAIL ! REGARDEZ, IL Y A QUELQUE CHOSE D'INSCRIT !
« EFFLEUREZ ET DEMANDEZ LA DESTINATION DE VOTRE CHOIX » !
QUOI, IL SUFFIT DE LE TOUCHER, ET ON PEUT AVOIR ACCÈS AUX ENDROITS LES PLUS SORDIDES DE LA TERRE ?
HEIN?!
MAIS VOUS VOUS RENDEZ COMPTE DE CE QUE VOUS VENEZ DE FAIRE ?!!
ZZZ
AAAAAAAH!!
?
CED-MORIN

ALORS, PATRON, HEUREUX DE VOTRE NOUVEAU REPAIRE ?
MOUAIS, BOF…
MAIS IL EST GÉNIAL CE CHÂTEAU ! DES CENTAINES DE PIÈCES À RÉCURER ! TOUS LES JOURS JE DÉCOUVRE UN NOUVEAU CACHOT POUSSIÉREUX !
C'EST JUSTE QUE… PERSONNE NE SAIT QU'ON EST LÀ…
IL NOUS MANQUE TOUJOURS CET ÉVÈNEMENT QUI FERA PARLER DE NOUS !
EH BIEN, J'Y AI RÉFLÉCHI ET…
OH ! JE CROIS QUE JE TIENS UNE IDÉE GÉNIALE !
JE SUIS SÛR QU'ON A LA MÊME !
ON VA
ENLEVER LA FILLE DU ROI !
ORGANISER UNE SOIRÉE PAELLA !
QU'EST-CE QUE VOUS AVEZ DIT ?
« ENLEVER LA FILLE DU ROI » !
J'AI DIT « ENLEVER LA FILLE DU ROI » !
PSSST !
ON ANNULE LA PAELLA GÉANTE !
HO NOOON…

CED-MORIN

VOUS AVEZ BIEN COMPRIS ? LE MOMENT OÙ LA PRINCESSE EST À L'EXTÉRIEUR ET SANS SURVEILLANCE EST TRÈS COURT !
IL VOUS FAUDRA ÊTRE EXTRÊMEMENT ORGANISÉS !
FAITES VITE, ET NE ME DÉCEVEZ PAS !
PLUS TARD…
PATRON, ON EST RENTRÉS !
MAIS… C'EST LA PRINCESSE !!
C'EST CE QUE VOUS VOULIEZ, NON ?
OUI, MAIS… HEU… EN FAIT, JE NE PENSAIS PAS QUE VOUS Y ARRIVERIEZ !
JE NE SAIS PAS… JE M'ATTENDAIS À UNE NOUVELLE CATASTROPHE, OU QUELQUE CHOSE DANS LE GENRE…
HA, PAS CETTE FOIS-CI, NON !
ÇA ME FAIT PENSER… J'AI RETIRÉ CETTE POUTRE QUI GÊNAIT LE PASSAGE ! CELLE CONTRE LE GROS MUR !
CRAAASHH !
VOUS SAVEZ QUOI ? D'UN CÔTÉ ÇA ME RASSURE !
AH AH ! ON SE MARRE BIEN ICI !
CED-MORIN

?
MESSIEURS, JE TIENS À VOUS FÉLICITER !
JE VOUS AI DEMANDÉ DE NE PAS QUITTER NOTRE PRISONNIÈRE DES YEUX, ET JE CONSTATE QUE VOUS SUIVEZ MES INSTRUCTIONS À LA LETTRE !
VOUS VOYEZ, PRINCESSE ! NE COMPTEZ PAS VOUS EN SORTIR AVEC UNE GARDE AUSSI IMPITOYABLE !
CONTINUEZ COMME ÇA, MESSIEURS !
C'EST BON, ON REPREND !
PERSONNE N'A BOUGÉ, HEIN ?
1-2-3 SOLEIL !
CED-MORIN

JE VAIS VOUS FAIRE VISITER NOS PRISONS !
ÇA VOUS CALMERA PEUT-ÊTRE !
MAIS... MAIS...
MAIS OÙ SONT PASSÉES LES OUBLIETTES ?!!...
LES TROUS MOCHES DANS LE SOL ? J'Y AI MIS UN TAPIS PAR-DESSUS ! ÇA FAIT PLUS JOLI !
VOUS AIMEZ ?
PROFONDÉMENT...
CED-MORIN

ÇA FAIT 3 JOURS QU'ELLE EST NOTRE PRISONNIÈRE, ET PERSONNE N'A L'AIR DE LE SAVOIR ...
MÊME PAS ELLE !
YEEPEE !!
BOING BOING
PAS DE REPRÉSAILLES DU ROI, PAS DE HÉROS EN ARMURE ... ON PEUT MÊME PAS DEMANDER DE RANÇON ... COMMENT ILS FONT, LES KIDNAPPEURS, D' HABITUDE ?
ILS POSENT PEUT- ÊTRE DES AFFICHES ...
MOUAIS ...
JE VAIS PLUTÔT DEMANDER À SLURP DE S'EN OCCUPER !
IL EST MALADE, QUAND IL SE MOUCHE, IL PERD DES MORCEAUX DE LUI-MÊME ! ALORS IL EST RENTRÉ !
VOUS, ALORS ...
AH NON, LÀ C'EST LA FIN DE LA JOURNÉE ! JE RENTRE CHEZ MOI !
QU... QUOI ?!
C'EST VOUS QUI AVEZ ÉTABLI LES RÈGLES ! ET JE VOUS RESPECTE TROP POUR VOUS CONTREDIRE !
GONZAGUE, REVENEZ ICI TOUT DE SUITE !!!
À LUNDI, PATRON !
VLAM !
...
BON ... ÇA SERT À RIEN TOUT ÇA ... TU PEUX RENTRER CHEZ TOI !
HEIN ?!
AH NON, PAS QUESTION !
JE ME SUIS JAMAIS AUTANT AMUSÉE !
JE RESTE ICI !
BON ...
MAIS À UNE CONDITION !
ENLEVÉE
8000 $
?
COLLE
CED - MORIN

SUIVEZ-NOUS, VILLAGEOIS ! RÉCUPÉRONS NOTRE PRINCESSE !
SUS AU DÉMON !!
DEHORS L'ABOMINATION !
AAAH... QUELLE DOUCE MÉLODIE...
VOLEUR D'ENFANT !!!
ILS SONT NOMBREUX, QUAND MÊME ! ON NE DEVRAIT PAS FUIR PLUTÔT ?
BAH, CE FORT EST IMPRENABLE ! ET PUIS, NOUS AVONS VOTRE HUILE BOUILLANTE !
POUR L'INSTANT, LAISSEZ-MOI SAVOURER MON TRIOMPHE !
OUH, T'ES NUL !!
LE PEUPLE AURA TA PEAU !!
MAIS... MAIS C'EST GONZAGUE ?!
ATTENDEZ POUR L'HUILE, SLURP !
MAIS QU'EST-CE QUE VOUS FAITES LÀ, TRIPLE BUSE ?!
OH, PATRON ! BIN, J'AI SUIVI LA FOULE ! ILS PARLAIENT D'UNE MENACE DÉMONIAQUE ICI !
MAIS C'EST MOI, LA MENACE !! VOUS N'AVEZ PAS RECONNU LE CHÂTEAU ?
BIN SI, MAIS IL EST TELLEMENT GRAND, JE ME SUIS DIT QU'IL Y AVAIT PEUT-ÊTRE UNE AUTRE MENACE DEDANS !
JE FAIS QUOI DE L'HUILE BOUILLANTE, MOI ?
BALANCEZ ! SON CERVEAU EST SI LENT, JE NE SUIS PAS SÛR QU'IL LA SENTE...

CED-MORIN

AH, VOUS VOILÀ, VOUS !
PARDON POUR LA CONFUSION, HEIN !
MOUAIS, SLURP, OÙ EN EST-ON AVEC L'HUILE BOUILLANTE ?
TOUT SE PASSE COMME PRÉVU, C'EST LE TROISIÈME CHAUDRON QUE JE LEUR VIDE DESSUS !
MAIS ON N'ENTEND PAS LES CRIS ! ILS DEVRAIENT ÊTRE ÉBOUILLANTÉS, LÀ !
AH NON, L'HUILE BOUILLIE C'EST SUPER MAUVAIS POUR LA SANTÉ !
DU COUP, JE L'AI JUSTE UN PEU RÉCHAUFFÉE !
VOUS VOULEZ DIRE QU'ON LEUR JETTE DE L'HUILE TIÈDE ?!
BIN... ÇA AURAIT ÉTÉ SUPER SALISSANT... ALORS J'Y AI PLUTÔT MIS DE L'EAU !
DONC POUR RÉSUMER : ON REPOUSSE UNE ATTAQUE DE VILLAGEOIS EN LEUR ENVOYANT DE L'EAU TIÈDE...
OUI...
PARFUMÉE À LA PÊCHE...
SLURP...
ÇA ATTEIND DE TELS NIVEAUX QUE JE NE SAIS PLUS QUOI VOUS DIRE...
NE VOUS ÉNERVEZ PAS, MAÎTRE ! J'Y AI RAJOUTÉ DU SAVON POUR LEUR PIQUER LES YEUX !
VOUS VERREZ, ÇA LES AGACERA TOUT AUTANT !

CED-MORIN

AÏE… ILS ONT UN BÉLIER !
ILS ONT BEAU SENTIR BON MAINTENANT… ÇA COMMENCE À DEVENIR DANGEREUX !
J'AVOUE…
MAIS JE NE ME RENDRAI JAMAIS, AUSSI VRAI QUE JE M'APPELLE…
MONSIEUR DES TÉNÈBRES ?
OUHOUH ! MONSIEUR DES TÉNÈBRES ! C'EST VOTRE CONSEILLÈRE POUR L'EMPLOI !
J'AI BIEN NOTÉ VOTRE CHANGEMENT D'ADRESSE !
JE VIENS POUR VOTRE BILAN MENSUEL !
IL SE TROUVE QUE JE SUIS UN PEU OCCUPÉ, LÀ !
VOUS NE VOYEZ PAS QU'UNE VILLE ENTIÈRE VEUT MA PEAU ?!
AH, OUI, EN EFFET !
J'INSCRIS : « EN RELATION CLIENTÈLE » !
AU REVOIR, MONSIEUR DES TÉNÈBRES !
PFF… C'EST BON ? JE PEUX RETROUVER MA CRÉDIBILITÉ ?
MONSIEUR DES TÉNÈBRES ? VOUS ÊTES LÀ ?
C'EST LE JOUR DU BABY-SITTING !
CED-MORIN

JE SAIS QUE C'EST CE QUE VOUS VOULIEZ, MAIS JE PENSE QU'ON EST FICHUS' LÀ, PATRON…
JE SUIS PEUT-ÊTRE ALLÉ UN PEU TROP LOIN …
BON, RENDONS-NOUS ! AU MOINS ON AURA EU NOTRE MOMENT DE…
ARRÊTEZ TOUT ! CESSEZ LE SIÈGE !
C'EST LA PRINCESSE ! ELLE EST SAINE ET SAUVE !
?!
FAIS COUCOU À LA PRINCESSE !
FAIS COUCOU, BÉBÉ !
ILS DÉTIENNENT UN BÉBÉ ! À L'ATTAQUE !!
SLURP …
FAIS COUCOU AU MAÎTRE QUI PLEURE !
FAIS COUCOU !
CED-MORIN

BLOM BLOM
LA PORTE NE TIENDRA PAS LONGTEMPS !
MAÎTRE, J'AI UNE DRÔLE DE SENSATION DANS LE CERVEAU…
OH !
C'EST UNE IDÉE !!!
GONZAGUE ! OÙ ALLEZ-VOUS ?!
ALLEZ, PORTE MAGIQUE !
AIDE-NOUS À NOUS SORTIR DE LÀ ! N'IMPORTE QUELLE IDÉE !
RHÂ !
POURQUOI ÇA MARCHE PAS ?!!
GONZAGUE ! ON A BESOIN DE VOUS ICI !
J'ARRIVE !
ZZZzz

ALLEZ ! TENEZ BON ENCORE UN PEU !
MESSIEURS …
QU'EST-CE QUE VOUS FAITES DANS MON CHÂTEAU ?

CED-MORIN

Rikk & Frya :
Les géants de glace

Séverin Blaireau :
Mémoire de pirate

Mei :
L'Archipel sans étoiles

Archibald :
Vampire & Cie